NOSSOS OSSOS

NOSSOS OSSOS

PROSA LONGA DE
MARCELINO FREIRE

3ª edição

EDITORA RECORD
RIO DE JANEIRO • SÃO PAULO
2024

Copyright © by Marcelino Freire, 2013

Ilustração de capa: Lourenço Mutarelli
Projeto gráfico: Thereza Almeida

Texto revisado segundo o Acordo Ortográfico da
Língua Portuguesa de 1990.

CIP-BRASIL. CATALOGAÇÃO
NA PUBLICAÇÃO - SINDICATO NACIONAL
DOS EDITORES DE LIVROS, RJ

F934n

Freire, Marcelino, 1967-
Nossos ossos / Marcelino Freire. - 3. ed. -
Rio de Janeiro: Record, 2024.

ISBN 978-85-01-40491-6

1. Romance brasileiro. I. Título.
13-05299   CDD: 869.93
             CDU: 821.134.3(81)-3

Direitos exclusivos desta edição reservados pela
EDITORA RECORD LTDA.
Rua Argentina, 171 - 20921-380 - Rio de Janeiro,
RJ - Tel.: 2585-2000
Impresso no Brasil

ISBN 978-85-01-40491-6

Seja um leitor preferencial Record.
Cadastre-se e receba informações sobre nossos
lançamentos e nossas promoções.

Atendimento e venda direta ao leitor:
sac@record.com.br

Para meu pai,
in memoriam,
este primeiro livro
dedicado a ele.

Para meu irmão,
Luís Freire.

E para você,
minha alma gêmea.

NOSSOS OSSOS

PARTE UM

O meu boi morreu,
o que será de mim?
Manda buscar outro,
ó maninha, lá no Piauí.

Domínio público

OS LIGAMENTOS

O próximo, o próximo, por favor, e o próximo sou eu, assim me chamou o caixa do banco, já estou indo, já vou, digo e sigo, firme, carregando o que a arte dramática me deu, esta cara séria, meus olhos continuam verdes e profundos, minha alma nem dá na vista que apodreceu.

Todo o soldo que tenho desta vez eu levarei, o gerente veio de novo me perguntar se eu realmente viajaria, sim, inventei, faz uma vida que não vou ao Nordeste, vou a trabalho, receberei um prêmio pelo conjunto da obra, uma espécie de recompensa, desconverso, há quanto tempo, nem lembro, que eu sou cliente desta agência?

O caixa também sabe de mim, olá, como estamos, ele igualmente quer garantir se está tudo em ordem, é uma grande soma em dinheiro, nem eu imaginaria que tivesse esse montante em conta, uma existência dedicada aos palcos, a primeira peça que escrevi faz quase trinta anos.

Não é um assalto, nem estou sendo chantageado, fiz questão de responder, agradeci a preocupação do chefe da segurança, ele me acompanhou até a porta, entrei no táxi, o motorista é conhecido nosso, não há motivo para desconfiança, obrigado, até logo e adeus.

No meu prédio um outro susto, o zelador estranhou a madrugada anterior em que eu passei arrastando caixas, rasgando papéis, entulhando livros na área de serviço, e o momento em que me despedi dele, em silêncio, dizendo que a viagem seria longa, sem data para voltar, mas não irei de vez, preciso que alguém cuide de Picasso para mim, o meu gato siamês, será que essa viagem tem a ver com a polícia, que procurou por ele faz coisa de uma semana, comentou à cama, antes de dormir, a mulher do zelador.

O motorista de táxi, do ponto da praça, já foi a vários endereços comigo, o tanto que a gente andou, daí eu entendi ele ter me perguntado o que danado eu fui fazer ontem na funerária, sem contar que, dias atrás, saí à cata de assinaturas de documentos no Instituto Médico-Legal, não me leve a mal, tem certeza de que não aconteceu uma desgraça, indagou, me fale, por favor, me diga.

Agradeci a ajuda, comovido, mas olhe só, eu fico de novo nesta rua, desci e dei a ele uma gorjeta graúda, o taxista gostou, em outras corridas já me levou àquele hotel no Bom Retiro para reuniões, leituras, encontros, o jovem mensageiro me cumprimentou, piscando, eu garanto que aqui estou em casa, até parece que o mundo inteiro está me vigiando, ora, juro que não é nada de mais.

Subo para o quarto de sempre, o de número 48, e chego a soprar um sopro, relaxar os ombros, abandono o blazer ao lado do travesseiro, resolvo telefonar para a funerária, será que o trabalho finalmente terminou, eis que eu pergunto, o carro partirá ou não partirá nesta quarta, o gerente diz que sim, a gente correu com o pedido, deu o maior gás, não se preocupe, embalsamado já está, prontinho para viajar, o corpo do rapaz.

OS MÚSCULOS

O meu boy morreu, foi o que o michê veio me dizer, eu estava de passagem, levando umas compras que comprei, vindo da farmácia, não sei, em direção ao Largo do Arouche.

Cinco facadas, um corte foi bem na altura do peito, o garoto perdeu três dentes, bateu com a cabeça à beira de um banco de madeira, tremelicou perto de onde vivem os ambulantes, ao lado do quiosque de cosméticos, sabe, não sabe?

De fato eu saí com o boy morto muitas vezes, tomamos prosecco, caju-amigo, licor báquico, eu trouxe o garoto, certas madrugadas, para meu apartamento, ele ficou admirado com os livros que eu guardo, numa pilha os amores de Lorca, os cantos de Carmina Burana, dramas de todo tipo, vários volumes sobre técnicas apuradas de representação, quanto dramalhão, ave nossa!

O michê não parava de contar das facadas, estocadas, da gritaria, dos olhos revirados, a ambulância que nunca chegava, a noite sem fim e fria, eu perguntei se a família dele foi avisada, ah, ele não tem família.

E me diga, quem matou o coitado, cá para nós, ele me disse, acho que mandaram matar, chegamos a dividir um beliche numa pensão, era um bom camarada, o corpo dele ainda está lá no IML, sem parente, sem quem por ele reclame, a prefeitura mandará incinerar, ao que parece, depois de uns meses de espera, faz quinze dias, eu acho, do acontecido.

Sou um homem antigo e essas histórias, que não sejam de amor manso, me vergam e me assustam, no entanto o exercício que fiz, de concentração, o pensamento calmo, apreendido em toda uma vida devotada ao teatro, me afasta do horror, a realidade, pelo menos publicamente, não me fere nem me abala.

O michê, depois de um relato, de fato surpreendente, mudou o tom da fala, perguntou se eu não estava a fim de sair com ele, fazer um programinha, matar as saudades, uma horinha de amor, eu sou gostoso igualzinho ao outro que se foi, diz aí, meu amigo, sou ou não sou?

Bati em seus ombros de pombo, baixei a cabeça, outro dia, quem sabe, despistei, ele me pediu dez paus para uma cervejinha, cigarro, dei a ele o troco da farmácia e segui o rastro da luz do poste batendo na calçada, desenhando, para a minha cabeça tonta e pesada, o caminho de volta para casa.

AS COSTELAS

Vamos para São Paulo, Carlos vivia me atiçando, lá a gente faz teatro para valer, conhece outras companhias, no Recife não há espaço, talentoso como você é, vão reconhecer logo o seu esforço, todo o seu humor raro, meu amor, não há ninguém assim tão engraçado.

Tudo bem que eu estava apaixonado, ao lado de Carlos eu levantaria um circo falido, correria em direção ao fim do mundo, mas nunca pensei em deixar minha mãe, meu pai, os meus irmãos precisam de mim, eu sou o coração da família, e sinto que aqui no Recife ainda tenho muito o que fazer, olha, fica mais um pouco, vamos amadurecer o trabalho do grupo, tem sido superbonita a nossa história, na raça, não é pouco o que construímos juntos, não acha?

Carlos definitivamente não achava, a sua imaginação ameaçava a qualquer hora ir embora, essa vida de pobre não dá para mim, estou fora, em São Paulo as oportunidades serão outras, eu tenho por lá o contato de uma pessoa influente, até o final do ano a gente zarpa, pega o ônibus, será só uma questão de tempo, o pessoal do cinema, do rádio, tantos monstros sagrados, pensa nisto, criatura, meu querido, a vida é tão curta para ser pequena.

Filho da puta, até hoje essas palavras rebatem no meu juízo, fazem cicatriz em minha mente, a gente, mesmo sem querer, se lembra, durante uma eternidade a gente se lembrará do fim da inocência, do que restou daquele primeiro amor, do dia em que meu coração foi ao inferno e voltou, de mãos vazias, porque era fogo falso aquela alegria, a chama, as brasas, quem diria?

Como havia prometido, chegou o final do ano e Carlos ganhou asas, foi embora e eu fiquei, achando que ele voltaria, um dia ele entenderia que o trabalho do ator não está no glamour, no excesso de brilho, o teatro vivo é este que eu, a duras e penosas batalhas, em minha terra, àquela época, continuei a fazer, fracassado, solitário, à beira da morte eterna, sem saber.

AS MÃOS

Minha cama fica no centro do quarto e, em cima de mim, no escuro, um foco não me deixa pregar os olhos, é quente e intenso, como se uma plateia toda esperasse eu me levantar e fazer algo, rápido, essa tragédia não poderia ficar como está.

Eu sei que se eu vestir a roupa, colocar o blazer, usar as palavras certas, eu consigo o que eu quero, sim, saber notícias do menino assassinado, dar um jeito de avisar seus pais, arranjarei o endereço, aliviarei esse puxão de unha no peito, meu gato, Picasso, me alerta que eu me esqueci, mais uma vez, de tomar os remédios.

Eu ensaio, olha, é o seguinte, deu entrada no IML um rapaz bem moreno, assim, assado, eu gostaria de saber o que eu faço para levar o corpo do garoto embora, se for preciso eu pago, e apelo, desse jeito não, seria, no mínimo, escroto, pegaria mal qualquer insinuação de suborno.

Melhor falar a verdade, então, ele era meu namorado, um caso que eu tive, um rapaz inteligente, sabe, tipo um filho mais novo que eu resolvi tirar da rua, dessa vida prostituta, sem saída, sem alternativa, mas aí aconteceu o pior, essa merda de cidade, cada vez mais impossível, será que ele tinha inimigos, reflito e me calo, o que eu quero é que ele descanse em paz, por isso vim aqui, ao IML, acredite, vim para salvá-lo.

Meu Cristo, ridículo é ficar aqui decorando o texto, desse jeito nada sairá do lugar, o melhor será eu me apressar, ir pessoalmente ao IML, tenho confiança de que muito ajudará essa minha postura digna, até romântica, esse meu ar professoral, essa minha cara de intelectual, de branco europeu, mesmo não acreditando em Deus passei a acreditar, Ele há de me entender e perdoar.

OS PÉS

Éramos nove irmãos, ao todo, no sertão, a brincadeira era juntar os ossos, de tudo que é animal, e também de humanos, sim, não era raro encontrar o fosso de um crânio zambro, uns caninos intactos.

Fazíamos teatro com as vértebras, com os trapézios, lisos e carecas, a gente limpava o que tivesse ficado de pelo e pele, dos restos alheios eram construídos os brinquedos, bolotas de fibras fósseis, nossas rodas, moedas de troca, às vezes eu saía por detrás da cacimba vestido igual a um cangaceiro.

Capa de couro bovino, espada de fêmur, saiote de cóccix e uma máscara natural, a minha cara borrada de carvão, gesticulava feito um demônio, assustava a todos com a minha voz de trovão saída do estômago, em pé, eu, sobre uma pedra, no deserto que foi a minha infância.

Minha dramaturgia veio daí, hoje eu entendo, desses falecimentos construí meus personagens errantes, desgraçados mas confiantes, touros brabos, povo que se põe ereto e ressuscitado, uma galeria teimosa de almas que moram entre a graça e a desgraça.

Escondi as carcaças e só juntei, outra vez, as duras armas quando recebi a terceira carta em que Carlos insistia, venha, sem você a vida é mais difícil, São Paulo te espera, um ano já faz que a gente se separou, o meu futuro mudou e o seu também vai mudar, no final do mês vou estrear em uma comédia musical, papel pequeno, mas tudo nesta terra começa de uma célula, ínfima, e se agiganta, te amo, muito, e é isto o que me enche de profunda e renovada esperança.

Não posso ser acusado de que não acreditei no grupo de teatro, experimentei, tentei ser ator, além de autor, também diretor, com toda a fé e entusiasmo, fazer do Recife o meu tablado, o meu sonho mambembe, para minha mãe falei, de repente, que havia chegado a minha vez de partir, aprendi com a senhora essa coragem, retirante, que nos faz seguir, avante, o nosso destino, meu menino, meu menino.

Meu pai, calado em um canto, não fez espanto, parecia acostumado, estava perdendo um filho de vista, mas o mundo ganhava um grande soldado, era o que ele garantia, desde o tempo em que me assistia, criança, lutando dentro daquela armadura defunta, feita de hélices, úmeros e plantas.

AS JUNTAS

O moço que trabalha no IML olhou para mim sem saber como fazer para explicar, ninguém mostra um corpo morto sem autorização, é preciso um documento, o senhor sabe, ao menos, o nome inteiro da vítima?

Eu tinha de ser rápido na explicação, o atendente não poderia ficar parado por muito tempo, havia uma fila em volta da gente, o que morre de pessoa atropelada, o número é enorme, motociclista, ciclista, assalto, chacina, bêbado, mendigo queimado, quando é que ele deu entrada?

Por mais que eu improvisasse, eram muitas as perguntas sem resposta, talvez um escândalo me servisse, eu inventasse um ataque nervoso, eu só quero, porra, reconhecer um amigo, ele está desaparecido há umas três semanas, eu tenho esse direito, nesse caso, antes o senhor tem de ir dar parte do sumiço na delegacia.

Imagine eu chegando à polícia tendo de explicar meu envolvimento amoroso, era preciso muito treino, laboratório, seria um outro jogo, teatral, um tanto perigoso, mais fácil encarar o funcionário do IML, em algum momento ele relaxará, eu só tenho de empalidecer, ou chorar.

Fiz isso e nada, era culpa daquela manhã, clara demais, no final da tarde é que o cansaço bate e as equipes, nas repartições, em toda parte, ficam mais fracas, temperamentais, não querem ver ninguém sofrendo, tentei uma última vez, mostrei minhas pílulas, minhas restrições médicas, e se eu caísse ali, duro, moribundo, o IML largaria à própria sorte mais um defunto?

No canto do balcão, eu nem havia visto, um homem, mais maduro, resolveu me ajudar, a gente nem sabe que há gente nos assistindo em tudo que é canto de olho, fundo de lugar, ele pediu para eu segui-lo, me disse, vou mostrar os presuntos mais recentes, ali, nos enormes frigoríficos.

Um a um, incontáveis cadáveres, a visão mais grotesca, para relaxar, me pus a acreditar que eu estava, na verdade, dentro de uma tragédia grega, um drama de guerra, ficaria mais fácil de encarar qualquer matéria em decomposição, quando a gente tem um propósito, um objetivo claro, o espetáculo costuma não ser assim tão macabro.

Este, este outro, aquele, a não ser que o boy tenha ficado desfigurado, as facadas foram profundas, os hematomas, em sua face, congelada, o medo do mundo, virou um outro personagem, vai ver foi isso, porque já havíamos caminhado por um corredor de gavetas, abertas e fechadas, o homem do IML me perguntou se a emoção não estava embaraçando as minhas ideias, abra bem os olhos, sem medo, outro dia uma mãe passou pelo próprio filho e fingiu que não viu, na verdade, não queria vê-lo.

Segui o conselho, mesmo sabendo que não era aquele o meu caso, eu estava atento e seguro, eu queria mais era reconhecê-lo, imediatamente, para saber o que fazer dali para a frente, até já fui sondando com aquele meu guia fúnebre, por favor, qual será o próximo procedimento, digo, depois do momento em que o corpo do boy for descoberto, embaixo dos lençóis?

Eis que avistei a tatuagem, bem sei, furada de faca, acima do peito uma âncora, e o seu olho, graúdo, os pentelhos afundados, o nariz quebrado, a boca ainda gemendo, querendo gritar, eu conhecia aquele menino, logo que bati o meu olhar na esquina da praça, ele era o próprio Carlos, o meu primeiro namorado, antigo, de volta para mim, o boy era, sim, a cara de meu outro amor, carne da mesma carne, minha outra cara-metade, o meu sonho perdido.

AS COXAS

A primeira vez com um michê foi por engano, eu não entendi o que queria de mim o rapaz com cara de índio, será que ele piscou mesmo para os meus olhos, balançou o sexo, sedutor, é sério?

Eu fui lá saber o que era e saímos para os fundos de um fliperama, quase abandonado, o banheiro lateral com umas máquinas quebradas, uma sinuca sem tampão, só as cestas, uns tacos atravessados, umas anotações a giz.

Aí ele me cobrou, ao final, uma ajuda para o trem, para o lanche, para comprar um refrigerante, eu dei e me acostumei a procurá-lo na Estação da Luz, encostado na grade de proteção, ele, na cama, era um vagão em cima dos trilhos, veloz e pesado, me levou para onde eu não quis.

Um coração, infeliz, o que faz é seguir o ritmo, e aquele índio me pegou por aí, na contramão, tamanha era a minha solidão, ele foi me apresentando, com o tempo, a outros rapazes, novinhos, como se fosse ele o chefe de uma junta médica, um cacique que opera milagres, à base de ervas, o dono de uma quadrilha, uma vez um putinho me levou a carteira, na outra noite o índio me devolveu, está aqui, ó, meu caro, eles têm de aprender, quem manda nesta merda sou eu.

Aí eu fui morar na Alemanha uma temporada, minhas peças estavam sendo encenadas em várias línguas, texto que não é fácil traduzir mas tem quem faça, me deram uma bolsa para residência em Lisboa, Praga, estive na França, Paris, em palcos experimentais, italianos, passei muitos anos sem ver o índio, mesmo agora, morando no Centro, a última vez, nem me lembro quando.

Saí do IML em pedacinhos, sem chão, rodei sem rumo, resolvi ir até a Estação da Luz, do índio nem sinal de fumaça, vá saber, os meninos continuam estacionados no ponto, mas já são outros meninos, mais marginalizados, nada românticos, desencano e parto para o miolo do Largo do Arouche, decido ir atrás daquele michê melodramático, só ele poderá me trazer mais notícias da morte do boy, qualquer coisa que valha, quem foi o filho da puta que o matou, uma forcinha, por favor, eu peço, o funcionário do IML prometeu me ajudar, cuidará do corpo do garoto até eu retornar, munido de informações, quando vier, não há motivo para preocupação, venha falar direto comigo, certo, é só me procurar.

AS ARTICULAÇÕES

Na rodoviária Carlos não está, no único telefonema que demos nós combinamos, você me aguarda perto da saída do banheiro do primeiro andar, e já faz umas três horas que eu espero, ao lado de uma caixa de livros, pesada, maletas de roupas, o presente que eu trouxe, que ele tanto gosta, queijo coalho, sapoti e graviola.

Tentei ligar para o número que ele me deixou, sempre ocupado, vai ver que todos os orelhões estão quebrados, o sacrifício com que arrasto os pesos, minha mãe recomendou, não despregue o olho, o que tem de assalto em São Paulo, eles sabem logo quem vem de longe, quem não é do lugar, pela alma assustada, o cheiro, o cabelo, a dor no peito, de saudade, ave!

Seis horas da tarde, Carlos não virá, algo de pior aconteceu, o melhor é pegar um táxi, gastar um dinheiro, ir ao endereço escrito no envelope, pergunto ao motorista se é longe, ele me diz que sim, vamos, minha expressão, tão cansada, nem deu tempo de mudar de cara, de simular dentro de mim uma outra pessoa que existisse, resistisse ao frio, à dúvida, à certeza do abandono, um ator quando dá nele um branco, a fala não sai, não vem.

Chegamos, me disse o taxista, é aí, nessa porta amarela, o custo que foi recolher as bagagens, juntar tudo entre as pernas, é isto, Carlos me fará uma surpresa, descerá por aquela janela e dançaremos na chuva, o sereno, a garoa, o cenário perfeito, bato na porta, toco a campainha, é quando vejo, só agora, na fachada, Teatro Equus, era ali, então, onde Carlos morava, pensei que já estivesse instalado em uma casa, só nossa.

Hoje não tem espetáculo, uma mulher, bem gorda, me aponta uma placa, amanhã também não tem, nem na segunda, esse povo de teatro não gosta de trabalhar, hein, balança a gordura, ri de mim, ainda sem comer, a fome me dá uma tontura, não ficarei ali no meio da rua, preciso descansar, ao final do viaduto, colado, tem um hotel bem barato, o problema é que ele é mais motel do que hotel, sabe, de onde eu moro, da janela acabo ouvindo a sacanagem, e ri a gorda, deixa a minha visão ainda mais curva e enjoada, eu agradeço e ela sai de cena, logo atrás dela eu sigo, miúdo e magro, humilhado feito um animal abatido.

OS QUADRIS

Ainda não voltei para casa, desde que saí do IML fiquei algemado à esquina, baqueado pela imagem do jovem cadáver, destinado ele, agora, unhas e dentes corroídos, à eternidade, os carimbos no dorso, os golpes pesados que sofreu, a agonia que foi a sua morte, tão cedo, meu Deus, como podem ser perversos os filhos Seus!

Eu mesmo não presto, eu e meu pedaço de culpa, se não o tivesse estimulado àquela vida, ele poderia ter voltado à sua terra e casado, plantado uma família, criado uns gados, terei de pagar por isto e meu pagamento seria tirá-lo da cama fria e hospedá-lo em terrenos mais sagrados, sim, tratarei de encontrar seus pais, de colocar uma cruz decente em seu leito, não fugirei da responsabilidade.

A noite caindo cabisbaixa, levantei a vista apenas para lembrar que foi ali que o avistei sem camisa, a cueca samba-canção aparecia, e ele piscou de longe e eu não resisti ao chamado, parecia que eu estava voltando ao passado, ao dia em que, no mesmo grupo de teatro, eu e Carlos nos conhecemos, ele um rapaz tímido, vindo de Floresta, no interior de Pernambuco, foi a sua respiração que me encantou, e aí, vamos gozar gostoso?

Não era Carlos, não era, era o michê, o melodramático, já apoiado na parede, quase me estuprando, ostentando para cima de mim a cintura, o umbigo, o zíper a ponto de bala, os olhos eram negros e vazios de inteligência, uma pena, não tive muito o que fazer, nem escolha, iria nesta história até o fim, não iria, vamos, foi o que eu falei, sem pensar, falei, e ele se sentiu dono de mim, fomos ao hotel mais próximo, o Holiday.

O michê não sabia gemer, mal eu triscava seu mamilo, ele assobiava mole e dizia, mais e mais, goza, goza, vai, nem bem havíamos começado a trepada já me chamava de viado, cachorrinho, eu logo me imaginei em um outro palco, era apenas um mau ator o safado, daqui a pouco a luz do quarto se acenderá, antes eu preciso que você me conte tudo o que sabe sobre o boy que morreu, o nome completo, se tem alguém que pode dizer ao certo o paradeiro da família, fico preocupado, entende, acabei me apaixonando por ele, não é justo largá-lo em um buraco, indigente, como se fosse um entulho.

Estrela, com certeza ela sabe, a travesti da boate Oriente, era maluca por ele, mas vai com calma, Estrela é barra-pesada, pode cortar a cara de um com gilete, não é brincadeira, acho que um coroa como você chegando assim, de leve, ela respeita, só não precisa dizer que você saía com o boy, quando ela escolhe um michê para ser o marido, tem de ser fiel, deixar a rua, sei lá, ela, numa boa, deve estar envolvida nessa encrenca, pode apostar.

OS SUSTENTÁCULOS

Voltei à porta do teatro, sempre fechado, o telefone mudo, liguei para minha casa, no Recife, minha mãe muito preocupada, nem dormiu direito, você já encontrou o seu amigo, ela quis saber, está bem alojado, meu filho, meu pai, orgulhoso, repetia, não esqueça, mulher, que ele é um guerreiro, um guerreiro.

Só depois de cinco dias eu avistei Carlos, de óculos escuros, chegando ao Teatro Equus, acompanhado, entrou tão elétrico que eu fiquei na rua, estacionado, pedindo que alguém o chamasse, desaparecido, lá para dentro, diga a ele que sou eu, Heleno.

A força com que eu disse Heleno, meu nome, mágico, como se Carlos, ao ouvir meu nome, viesse correndo para um emocionado abraço e eu não me sentisse desprezado, atirado na escuridão, tantos telefonemas em vão, resolvi, pois, escrever uma carta, não era possível, eu não acreditava nesse tipo de encenação de peça, invisível, eu gostaria apenas de uma palavra, um gesto, um aceno.

Vi a mulher gorda outras vezes, a imagem mais fiel ao tamanho da minha vergonha, ela balançava, sem cerimônia, para o público ver o idiota que eu fui, e agora, me diz, o que vou fazer?

Comprei jornais, classificados, eu era bom na revisão de textos, qualquer coisa que aparecesse, agências de publicidade, jornais, editoras, o dinheiro estava curto, saí do hotel e fui para uma pensão, em um quarto, nos fundos, foi ali que eu me aprofundei em outras leituras, escrevi um novo texto para uma montagem, simples, com duas atrizes velhas, no palco, cada uma dentro de um caixão.

Consegui um emprego numa fábrica de dominó, o meu trabalho, sério, era conferir as peças, se não havia repetição nas pedras de osso, de todo tipo, plástico, marfim, madeira, também dava tempo de levar para casa manuais e folhetos de uma escola de engenharia, que eu ajudava a revisar, a pôr os pontos no lugar, até o dia em que fiquei sabendo do concurso que queria revelar novas forças para a dramaturgia, não custaria nada tentar.

AS BASES

E esses troféus aqui em cima, me perguntou o boy, são de verdade, banhados a ouro, ele quis saber, na primeira vez que o trouxe à minha casa, sim, eu costumo ter o maior cuidado, sei que aquele menino era diferente, não era ladrão, assassino, perigoso, delinquente, a gente puxou uma conversa sobre nossas terras vizinhas, eu sou de Sertânia e ele de Poço do Boi.

Expliquei sobre os prêmios, diversos reconhecimentos, devia ser pela minha idade, é isto, passa o tempo e o pessoal fica com medo de que a gente morra e não saiba a importância do que fizemos, e você, meu querido, já esteve em um teatro, perguntei, ele fez uma cara desanimada, sem empolgação, o que eu gosto mesmo é de natação, tinha, sim, o peito malhado, de braçadas, aprendi no açude, sabe, uma coisa que tenho saudade, do açude quando cheio.

A gente se uniu na saudade, no sotaque semelhante, no interesse mútuo, eu querendo saber de sua história de prostituto, ele, curioso, como é que eu consegui ficar famoso, se foi fácil, por acaso teatro dá dinheiro?

Bebemos vinho olhando para o teto, ele perguntou sobre a foto de meu pai, no criado-mudo, é que meu pai virou um amuleto de sorte, eu expliquei, ele montava em cavalos, morreu com exatos noventa anos, eu herdei dele essa coragem, determinação, São Paulo me expulsou e me acolheu assim que eu cheguei, o que enfrentei não dá nem para contar, e a sua mãe, ele procurou uma foto de minha mãe pelo quarto, pela sala, onde ela está?

Nas peças, todas as peças que eu escrevo é pensando nela, nos movimentos, no pensamento de sua voz, todas as mulheres fortes que eu ponho no mundo têm um pouco da minha mãe, quando uma atriz sobe ao palco é minha mãe quem ressuscita, eu escrevo para dar vida de novo às pessoas que eu amei.

Você já foi casado, o boy esperou eu responder, inclinando os ouvidos para o meu lado, deitado no travesseiro, eu vivi só umas aventurinhas, falei, me acostumei a ficar quieto, na minha, e você, mora com quem, ele me contou, esquivo, cada dia na casa de um amigo, também durmo em um hotel, quando sobra uma grana, gosto de ir à Praia de Santos, sabia que eu já estive em Copacabana?

AS ASAS

Estrela quando entrou a boate inteira parou, todo mundo a chamava de Deusa, um grupo fez um círculo em torno dela, o palco ficava no chão, ela desfilava entre as mesas, boquiabertas, soltava a voz, não dublava, havia uma gravação apenas com os instrumentos, eram dela, ao vivo, os gritos e trejeitos de Carmen Miranda.

Por que as travestis se parecem comigo, pensei, Estrela era mais velha do que eu tinha imaginado, cheguei a apostar que fosse ela uma garota, sei lá, os peitos ainda estivessem no lugar, as roupas fossem mais modernas, no entanto ela era uma dama, uma cantora de rádio, enfeitada de plumas, subia as mãos ao céu, mostrava os anéis, os colares magníficos, as falsas pérolas.

O show demorou uns quarenta minutos, depois ela retornou, esvoaçante, às mesas, pessoas puxavam cadeiras para ficar em sua companhia, outras enfiavam dinheiro entre seus seios, montados, ela agradecia com um beijo rápido nos lábios do público.

Preparei o meu ataque, a mesa em que eu estava era embaixo da escada, a mais escondida, que é para onde vão os machos que não se assumem, os maridos infiéis, padres e coronéis, figurões, não era esse o meu caso, é que o meu assunto necessitava de sombra, como se estivéssemos embaixo de uma árvore, em um parque de diversões.

Fiz um sinal, modesto, e Estrela veio, antes chegou até mim o seu cheiro de perfume, seguido do brilho do vestido, cafona, que a apertava por inteiro, pus em sua mão uma ótima quantia e fui logo, firme, direto na veia, sem arrodeios, eu sou amigo de Cícero.

Cícero, o nome do boy morto fez um estrondo, paralisante, Estrela se sentou imediatamente à minha frente, mal deu tempo de agradecer a grana, você sabe que ele morreu, mataram ele, não sabe, alguém muito covarde, eu cansei de avisar para ele não se meter em coisa que não prestava, não era nenhum anjinho o capetinha, ela me encarou, ironicamente, este mundo é assim, meu bem, e você, meu senhor, quem é que é?

Eu sou Heleno, estou aqui para saber da família do rapaz, eu quero, eu tenho o dever de dar destino ao corpo, para isso preciso entrar em contato com alguém, daí fiquei sabendo que só você pode me ajudar, depende de quanto eu vou levar, ela me disse e repetiu, este mundo é assim, meu bem, me procure amanhã, aqui mesmo, em cima da boate, viu, é onde eu vivo, é só chegar e perguntar por mim, no final da tarde, mas não me venha muito cedo, e se despediu, da mesma forma como veio, Estrela e Diva, sem nenhum beijo, sumiu.

OS TRONCOS

Se eu um dia tivesse imaginado essa história, diriam que não é verdade, toda peça de teatro, é bom que se fale, tem de prezar por uma coerência interna, uma obediência a regras específicas, respeitar, sem vacilar, a verossimilhança.

Mesmo que a nossa realidade seja esta, absurda, há limites muito claros para a criação, cheguei até a duvidar se não estou maluco, se isto tudo não passa de invenção da minha cabeça, faz um tempão que eu não escrevo uma linha, o meu último texto foi *A Árvore do Fim do Mundo*.

Os carros buzinam na madrugada, volto para casa, em silêncio, respeitoso, meu pensamento não quer que eu mude de assunto, ele vem comigo, ditando o que tem de ser feito, chegar em casa, deixar o gato ronronar, ver se o leite está no prato, a água, mas não parar, nem por um segundo, de arquitetar os próximos passos, visitar Estrela, pagar o que tiver que pagar, voltar ao IML, localizar os pais de Cícero, resolver a transferência do corpo e dormir, dormir, dormir, nunca mais sofrer, este será o meu último movimento em prol de uma outra alma, chega de castigo, Heleno, Heleno.

 Notei que a luz vermelha da minha secretária eletrônica estava mais viva do que nunca, alguns recados telefônicos que eu precisava escutar, apertei o botão, cinco mensagens ao todo, a saber, o serviço de dedetização, aquele ator cobrando a autorização que eu prometi, meu sobrinho direto de Ribeirão, também cheguei a ouvir um outro recado, mudo e cruzado, não era ninguém, vai ver que foi engano, mas, logo em seguida, uma voz que dizia boa tarde, Sr. Heleno de Gusmão, aqui é da polícia.

OS ANÉIS

Nunca traga para sua casa uma pessoa que você não conhece direito, o boy me avisou depois de um tempo, é que, quando eu vim aqui, pela primeira vez, juro que deu uma vontade de levar um troféu daqueles, mas, sabe, eu não sou desse tipo, explorador, ruim, que inventa uma identidade, falso, mentiroso, mas tem muito cara que está ali, na esquina, esperando o roubo, há até quem mate, torture, amarre, imobilize e tire uma foto do cliente pelado para depois contar ao povo, expor.

Esses anos trabalhando em teatro me deram um olhar sereno, contemplativo, compreensivo, sem medo, repito, de nada, um guerreiro, meu pai dizia, protegido por fibras de gente morta, ligamentos sagrados, desde pequeno eu me cuidava, não tinha essa de virem abusar de mim porque eu era o mais fraco, sem disposição para o trabalho pesado, a minha força estava na fabulação, eu passava a impressão de que era forte, dos irmãos o mais consciente, quase um profeta, um santo, uma entidade, entende?

O boy, aquela noite, só falava naquilo, no perigo real, não é todo mundo que tem coração, o que me fez lembrar do índio, ele também, de quando em quando, me avisava, assim que eu me engraçava com um dos novatos da Estação da Luz, antes deixa eu ver se é um animal disfarçado, um malandro e coisa e tal, numa boa, a gente é amigo, eu me preocupo com a sua pessoa.

Por isso, acredito, depois de tanto discurso, o boy, sem olhar para mim direito, perguntou se eu não podia arranjar um dinheiro emprestado, é que estou devendo, sabe, umas roupas que eu comprei, uns sapatos, também eu queria tanto uma lambreta, eu prometi, pode deixar, meu querido, eu vou pensar no seu caso, para não ficar parecendo, por um momento, que o meu interesse era só sexo, como todo sexo bom deve ser, feito aquele que fazíamos, sem sentimento.

AS LÂMINAS

Os caras chegaram em uma lambreta velha, provocaram o boy, estiletearam algum palavrão, cheio de exclamação, e foram embora, dar uma volta no quarteirão, voltaram e outro palavrão e mais exclamação, excessos do álcool, a noite é mesmo movida a isto, o boy disse, não ligo, mas os caras insistiam, uma, duas, oito vezes, mexeram também com as moças à espera do trem, cutucaram os mendigos à espera de ninguém, os noias do parque, os velhos na praça, olha só, brother, a calça do viado!!!!!!

Eles puxavam seu casaco, pendurado que ficava em um gancho telefônico, roncavam o motor, em disparada, outros michês, revoltados, foram se organizando para a batalha, por que esse filho da puta não vaza, alguém gritou, mas não vazava, os dois vinham de novo para cima do boy, bufando a buzina, vocês estão de prova, eu tô na minha, chegou a falar, calmo sem se acalmar, quem disse que demoraria na pose de bom menino?

Assim sua mãe o ensinou, em algum instante de sua vida, pô, não quero briga, quero só trabalhar honestamente, um carro parou para ele, de repente, tentou se concentrar, ereto, digno de dar dó, os dois caras vieram a todo berro, de novo, puta que pariu, já se acabou a minha paciência, assim não dá.

Aí o boy armou-se de pedras soltas, o carro do freguês disparou do lugar, lascas de PVC o boy até pegou, o que mais coubesse dentro de seu ódio, o que não posso é dar uma de mariquinha, vem e desce daí, otário, os dois motoqueiros largaram a lambreta e vieram para cima, os outros boys demoravam a chegar, na trincheira distante, feito cachorros, indecisos, vinham mas não vinham, pera lá, e se for treta antiga, pode sobrar pra gente.

O boy sentiu que estava fodido e solitário, dança daqui, pula dali, foi ficando pequeno à luz do poste, os assassinos, enfiados em capacetes, nem pareciam humanos, ambos puxaram um punhal e mais um punhal, tipo uma faca fosca e outra faca, nas mãos, raspa daqui, no ar, puxa e repuxa, a luminosa fúria acendendo a noite, nada escurecia, nenhum esconderijo, na surdina, nenhum refúgio nem labirinto onde o boy pudesse se enfiar.

Sumia com as pernas para ver se o golpe não o enxergava, de nada adiantava, por que não passa um guarda amigo, ele se perguntava, aflito, e os outros boys, porra, por que estão todos ainda tão fora de foco, era jovem demais para morrer, mas tinha de morrer e o golpe veio, certeiro, sem delongas, de supetão, a picada da lâmina, e mais uma, uma e uma.

O boy tentou fechar a boca, cobrindo com as mãos o poço do peito, esse coração sem dono, seguiu gingando e xingando, até cair, de vez, no meio da praça, e os dois elementos fugirem antes de os outros boys voltarem da fuga em massa e decidirem, com atraso, fazer barulho, desesperados, chamando a atenção de quem para, a atenção de quem olha, de quem passa, corre, socorre, corre, socorre nosso companheiro aqui, coitado, o boy a esta hora já morto, para quem quisesse ver, de graça, a beleza de um corpo exposto.

OS PEITOS

Procurei por Estrela às cinco da tarde, bati à porta da boate, veio um faxineiro, nem olhou para a minha cara, feito alguém que trabalha em uma casa, sabe o que acontece na casa mas prefere não ver, só quero saber de meu salário, no final do mês, cada macaco no seu galho, buraco, cipó, é só subir aquela escada, ó, e virou as costas, ocupado, na sua, recolhendo sujeiras, cusparadas, bitucas, passando o rodo molhado por debaixo das mesas e, em cima das mesas, as pernas das cadeiras, levantadas para o teto, tão abertas, a boate era uma selva de pernas abertas.

Subi a escada e, logo na primeira curva, um salão com mais cadeiras e mesas, o chão cheirando a desinfetante brilhava, cortinas mal-acabadas, um esconderijo, lá no fundo, devia ser onde, à noite, o povo se roçava, talvez, na casa, fosse aquele o lugar que desse mais trabalho para lavar, e para secar, porque tudo, à minha vista, havia acabado de tomar um banho caprichado, quanto será que recebia um faxineiro por aquele trabalho?

Havia um outro lance de escada, mínimo, segui subindo e, ali, no fim do caminho, mal iluminado, uma porta, com uma foto de Estrela pendurada, à entrada, pedia para eu bater, é aqui, com certeza, bati, fraco, e esperei pela resposta, uma outra batida, mais forte, depois de uns minutos um rapaz veio me receber, de dentro do escuro, era aquele mesmo michê, juro, o da esquina, melodramático, será que caí numa armadilha?

Tudo bem, pode entrar que ela já vem, está terminando uma ducha, e o michê, não sei por que, me pareceu um outro michê, mais novo, mais relaxado, talvez tenha acabado de fazer sexo, estava perfumado, de espuma, pediu que eu me sentasse na poltrona, perguntou se eu não queria uma limonada, um café curto, uma água, e não tirava um certo sorriso da cara, que não chegava a ser um sorriso, era um ar que me punha medo, mas eu não entrego fácil, qualquer que seja a minha expressão, o jeito é manter a calma.

Na saleta, gessos, cinzeiros, miniaturas de gatos, revistas atrasadas, pela capa dava para reler assuntos antigos, fofocas do mundo artístico, modelitos clássicos, uma tesoura ao lado, uns carretéis, por todo canto umas purpurinas, largadas, até que nelas batesse uma luz, que atravessava a janela, um aquário, lá longe, sem peixes, o michê em pé, encostado à parede, repleta de retratos, me fitava, ileso, o melhor, nesses casos, é fazer uma pergunta, um comentário sem noção, numa boa, só para medir a reação.

Foi aí que eu perguntei, você é o novo namorado de Estrela, sim, falei, para ele notar que eu não estava assustado, vim aqui só para continuar a minha missão, custe o que custar eu quero saber onde mora a família do boy, quero preparar o caixão, com todas as honras e as minhas sinceras desculpas, o michê ficou fazendo voltas na vista como se estivesse sem entender, ora, imagina, pura coincidência, e não vamos nos alongar neste assunto, depois eu conto, numa outra noite conversaremos, sozinhos os dois, Estrela já estava chegando, tão cheirosa, saída de um anúncio de shampoo, com uma toalha enrolada na cabeça, a rainha da beleza, cheia de um paupérrimo glamour.

Vitor, por favor, darling, vá lá embaixo comprar um cigarro para mim, eu estou necessitada, as unhas, descascadas, precisavam renascer, o rosto também, sem maquiagem, chamava a atenção, era mais másculo, e a toalha, segurando os cabelos, dava a Estrela um peso que ela, à noite, disfarçava, nos seus saltos altos havia leveza, destreza, em se manter de pé, ali não, tão somente, incrivelmente, era um homem brincando de ser mulher, ela perguntou a mesma coisa, se eu queria um café, uma água, uma limonada.

Procurei ser objetivo, aproveitar o tempo, enquanto Vitor, longe, não poderia nos flagrar, uma maneira de eu e Estrela ficarmos mais à vontade, a deixei tranquila, não sou da polícia, não estou investigando o crime, entenda, eu quero só enterrar o corpo do rapaz, ajudar os parentes, peço que me passe qualquer informação, sim, claro, por que não, eu também tinha um grande carinho pelo nosso menino, muito diferente e educado, o caso é que ele estava me devendo um bom dinheiro, sabe, veja isto, e me mostrou os peitos, recém-lavados, estão ou não estão caídos?

Mais uma vez é preciso segurar o olhar, não titubear, os gatos de porcelana, os diversos cinzeiros, os retratos e os cheiros foram feitos para testar até onde pode chegar a nossa criatividade, mesmo que eu imaginasse um cenário assim, um personagem, difícil seria ele existir como, de fato, existe, real, de turbante, entoalhado, os peitos que ela exibia, fazendo chantagem emocional, o dinheiro que Cícero lhe pediu, meu amado, era para os meus peitos, não quero outra coisa sua, querido, senão os meus peitos, apenas os meus peitos de volta, e estamos quites.

Combinado, sem problemas, eu trarei amanhã a sua grana, à mesma hora, certo, o michê chegou com o cigarro, já aceso, um para ele, outro para Estrela, esse garoto tem sido tão solidário, gentil comigo, um fofo, numa hora complicada como essa, quando a gente está mais carente, me dá um beijo, e se beijaram, de repente, apenas um toque, sisudo, nos lábios, e Estrela foi até a boca de um armário, tirou de lá um papel, eis o endereço da família de Cícero, pode levar, sei que em você eu posso confiar, até amanhã, não é, amore, até já.

AS FISSURAS

Senhor Heleno, um policial esteve aqui hoje e deixou esse número, pediu para o senhor ligar, a qualquer hora da manhã, da tarde, posso ajudar em alguma coisa, ele não quis entrar em detalhes, me falou com receio o zelador, eu, mais uma vez, não me assustei, como se fosse natural receber um recado deste tipo, na volta para casa, subi o elevador, é muita coisa acontecendo, eu careço de forças, de talento para superar.

Picasso, quando ouve meus passos no corredor, começa a chamar, inocente, eu abro a porta, como sempre, ele se esfrega em meus sapatos, quer carinho o folgado, aliso o seu pelo, cheiro, com delicadeza, a sua orelha, manhosa, e chego, vou à cozinha, esse ar anestesiado que carrego comigo surgiu, acredito, desde o dia em que fui deixado de lado, como alguém abandonado no altar, o peito já está, faz tempo, vacinado.

O sufoco que passei em São Paulo, o duro que foi construir uma carreira, não será agora que ela vai desmoronar, e se por acaso desmoronar, também saberei enfrentar, a ração para o gato, no prato, seus olhos azuis de gato, acho até que só eu e ele nos entendemos, meus olhos verdes, em silêncio, e os olhos dele, naquele momento, neste mundo.

Dois papéis na mão, o do recado da polícia e o do endereço dos pais de Cícero, Seu Nestor e Dona Isaura, a cidade é Poço do Boi, em Pernambuco, rememoro e penso, como eu darei a notícia, lá, pelo que percebo, não há telefone, um telegrama, quem sabe não resolva, escreverei, por favor, ligar para o Sr. Heleno de Gusmão, é sobre seu filho, notícias urgentes, pode chamar a cobrar, de um orelhão, é isto, amanhã, sem falta, começarei a minha jornada, falarei com o funcionário do IML, providenciarei a funerária, o dinheiro dos peitos de Estrela eu não esquecerei, todos os compromissos cumprirei à risca, também não deixarei, é claro, de ligar para a delegacia.

OS TRAPÉZIOS

Eu ganhei aquele concurso de dramaturgia e isso mudou a minha vida, segui vencendo outros concursos, editais, um grupo de Minas Gerais resolveu levar uma peça minha aos palcos pela primeira vez e, com isso, vieram outros prêmios, o de autor revelação, e um certo dinheiro, depois alguns textos meus viraram programas de rádio, seriado, e deixei para trás a fábrica de dominó, me concentrei no trabalho de criação teatral, na revisão de português, logo aluguei um buraco de apartamento e fui sendo conhecido no meio, até que, um dia, o destino traçou nosso reencontro, eu e Carlos, numa noite que chovia.

Era estreia de uma montagem muito comentada, porque o ator principal era um dos maiores do país, todos me elogiavam e, de fato, o monólogo respeitava as intenções que eu dei quando escrevi, um espetáculo minimalista, seco por demais, a luz também ajudava a compor o que faltava, as pulsações da fala, entre falas, imaginárias, do personagem, um inventário de rica pesquisa e linguagem, a história de um poeta em seu leito de morte, tísico, a construir seu último verso, era assombrosa a entrega do ator, a emoção que reverberou, plena.

Heleno, ouvi, por trás de mim, um sopro do além, por mais que eu quisesse não dava para esquecer, era ele, sim, e custei a me virar para crer, por que não respondeu à carta que enviei, aos telefonemas e recados, por que só agora, depois de décadas, o inacreditável, ele, um pouco mais magro, os olhos negros, os cílios e a barba malfeita, surgia entre os amigos que me abraçavam no hall de entrada, de mão estendida, talvez tenha sido essa a única vez em que não consegui a frieza necessária, entonteci, sem fala.

Carlos, com muito esforço, soltei seu nome, preso em algum poço, no fundo do peito morto, perguntei como vai, tudo ótimo, tudo bem, e vejo que você também está feliz, depende do que se chama de feliz, pensei, no improviso, ouvi que ele me contou algo acerca de um diretor com quem havia casado àquela época, e o diretor era um maluco, me prendeu na casa dele, era muito ciumento, você não imagina o tormento que foi longe de você, não consegui vencer o medo, imaturo que eu fui, peço desculpas, Heleno, a minha vida toda será pouca para pedir perdão, eu mesmo nem tenho certeza de que foi aquilo que eu ouvi de sua boca, a gente precisa marcar qualquer coisa, sei lá, um café, precisamos botar uma pedra no passado, e você, como anda, está casado, tem voltado ao Recife?

De onde eu nunca devia ter saído, das pontes da minha cidade, de perto de meus pais, eu não falei para ele, àquela noite, mas senti, São Paulo eu não escolhi, não tive a chance de escolher, o meu peito começou a doer, a ruir, a brisa, que havia ali na Rua da Aurora, soprava, vai embora, seu covarde, os prédios do centro antigo do Recife pediam para eu não subir, suas escadas não estão mais aqui, atrás do seu amor é que você deve ir, suma, as águas do Capibaribe iam para longe de mim toda vez que eu, aflito, cruzava com elas, ora baixas, ora estufadas de lama, revê-lo, ao que parece, murcho e vazio, à minha frente, naquela estreia, foi a minha vingança, aos poucos recuperei a distância, firmei os meus olhos duros dentro de seus olhos assustados, de criança.

OS COLOS

Mandei o telegrama à família de Cícero e fiquei um dia após o outro grudado ao telefone, sem sair, pedi para Estrela confiar em mim, ainda estou levantando a grana, na verdade, gostaria de fazer um saque só, para o homem do IML prometi um tanto, também já somei os gastos do funeral, o traslado de um corpo não é barato, devidamente incluídos outros gastos, alguns antecipados, alguns imprevistos, eu ajudaria igualmente à família de Cícero, darei a ela uma indenização, tudo planejado, só faltava a ligação que não vinha, pensei em ligar para o meu sobrinho de Ribeirão, pedir para ele ir lá à cidadezinha de Poço do Boi, procurar.

Melhor esperar, à polícia resolvi ligar, eu sei falar ao telefone, me fingir, manso, por favor, o Doutor Oscar, o escrivão pediu para eu aguardar, um instante, a voz do delegado era empostada, expliquei que eu estava ocupado, de plantão, em casa, senão eu teria ido, pessoalmente, entendo a sua falta de tempo, no entanto necessito colher, o mais urgente, um depoimento seu, esmiuçar um acontecimento recente, o senhor conhece Carlos Cabral, não conhece, Sr. Heleno?

Tenso, fiquei sem resposta, é sobre ele a nossa conversa, venha sem demora, prometo liberar o senhor o mais depressa, de fato, eu disse sem medo, sim, o conheço, mas o que houve, posso saber, um homicídio e Carlos Cabral é o principal suspeito, está foragido, mais detalhes, Sr. Heleno, eu lhe digo ao vivo, por enquanto é só, será que o senhor poderá vir amanhã, o quanto antes melhor, agradeceu, sorrateiro, desligou, meu coração não disfarçou o impacto, sobretudo quando o telefone tocou, alto, uma ligação a cobrar, para aceitar, continue na linha, alô, alô, a voz, assustada e bruta, vinda de bem longe, e fraquinha, era a do pai do boy morto, era ele, sim, aqui quem fala é Nestor, tá me ouvindo, alô, alô, sou eu, quem fala, eu, Nestor.

OS HIATOS

Seu Nestor escutava bem apenas os sons da natureza, as coisas vivas, as pedras, os pássaros, não entendia, por mais esforço que fizesse, como uma voz, metálica, vinda do outro lado do Brasil, conversaria com ele, daria notícias de Cícero, o que será que aconteceu, a mulher também veio, colada ao que o marido ouvia, no grito, meu Deus, alô, alô, o homem, dentro do troço deste aparelho, está dizendo que nosso filho morreu, compadre, socorre aqui que a minha vista escureceu.

O compadre, mais esperto, pegou o telefone, anotou o recado, os contatos, seria bom se houvesse uma conta-corrente para depósito, também era preciso uma autorização, por escrito, de que maneira se o pai era analfabeto, aos soluços, aos gemidos, queria entender a tragédia, um assalto, digamos, a violência de São Paulo, se ele tivesse ficado para cuidar da plantação, no sítio, estaria ainda vivo, mas o filho colocou na cabeça, queria ir embora para o mundo, ganhar dinheiro, o futuro dele era esse agora, um lugar no cemitério.

Por falar nisto, Heleno, ano retrasado, foi ao médico, depois dos exames feitos, o diagnóstico, cuidadoso, para que não houvesse pânico, o tratamento é possível, saiba, já há alguns coquetéis importados, conheço casos em que os pacientes até hoje não desenvolveram a doença, creia, existe esperança, é preciso paciência, vontade de lutar, viver, o senhor, Sr. Heleno, é portador do vírus HIV.

Guerreiro, guerreiro, nosso filho é guerreiro, desde sempre luta com a morte, fez dela sua vestimenta, o sol forte, ele se lembra, o tanto de fibras que vestiu, dentes de morcego, o gorila inteiro, engolido pelo chão da caverna, ele e os irmãos que desenterraram, a pele descendente, o monstro que renasceu do pó das cinzas, não será agora o fim da linha, prometeu, vou fazer o tratamento, e pode deixar, Sr. Heleno, manteremos o assunto só entre a gente, o senhor ainda tem muitas peças para escrever, acredite, toda uma vida pela frente.

AS CAVIDADES

Marquei com o mensageiro no bar da outra rua para não chamar a atenção do pessoal do hotel, um menino moreno, com idade para ser meu neto, eu esqueço essas diferenças, na companhia dele nem lembro que estou velho e doente, precisava também dar a ele um pouco de dinheiro, na última vez em que estivemos juntos ele me contou da mãe sem saúde, todo menino, em qualquer esquina, recepção, no centro desta cidade, tem uma mãe que morre-não-morre, um pai que bebe-e-bate, o senhor é muito gente-fina, vai querer, de novo, aquele esqueminha?

Amoleci, eu disse para ele, eu não estou bom do juízo, uma dor qualquer, um cansaço, bebi só um gole de conhaque, agradeci, sincero, as noites, poucas, que passamos juntos, não seria justo que eu continuasse nessa vida de putaria, sem propósito, todo garoto saudável é para mim uma tentação, como se eu houvesse congelado o meu sentimento, jovem, naquele tempo em que acreditei no amor de Carlos, em sua devoção para todo o sempre, tome, guarde, dei a ele um envelope, o frangote merecia, sim, estou indo de volta para o Nordeste, a minha terra, você sabe, aqui eu não piso mais, é de vez, nem a passeio, quis ele saber, e se um dia eu resolver fazer uma visita, lá, em Pernambuco, tem tanta praia bonita, talvez eu não esteja mais vivo, ora, deixe disso, o senhor nem parece a idade que tem, soltou um sorriso, um sorriso do bem, pedi que ele fosse para casa, já era tarde, a minha viagem seria longa, qualquer dia, então, a gente se reencontra.

Voltei, suave, ao quarto 48, parecia que eu havia tirado mais um peso de minha alma, cheguei a chorar, nunca pensei que ia encerrar deste jeito minha história em São Paulo, demorei a encerrar, depois de muito lutar, fechei os olhos e aguardei, sobressaltado, o outro dia chegar, logo cedo não seria fácil enfrentar dois mil e tantos quilômetros até o

Recife, de lá para Poço do Boi outras quatrocentas léguas, pensei que, se eu tivesse que escrever, na vida, uma outra peça de teatro, escreveria esta, a de um dramaturgo de sucesso que atravessa o Brasil em um carro funerário, levando, para seu último descanso, o corpo de um garoto de programa com quem ele havia trepado, uma história, digamos, de amizade, ao que parece, também daria um bom filme essa viagem, se não fosse ela, em vez de ficção, a mais pura verdade.

AS PERNAS

Sonhei, alucinado, com os novos peitos de Estrela, recauchutados, e o movimento que ela fazia, com os peitos, em cima de mim, cantando Carmen Miranda, realizada e feliz, pena que tenha sido às custas da morte do boy a tragédia que nos uniu, puta que pariu, tudo nesta cidade tem seu preço, que eu pague, pois, moeda a moeda, o que eu roubei daqui, Carlos, eu fiz tudo para você gostar de mim, a madrugada demorando a passar, eu rodopiava ao som da música, para cá, para lá, o delegado também apareceu em meu pesadelo, o Sr. Carlos cometeu um crime, Sr. Heleno, e queremos saber se o senhor tem alguma coisa a ver com isto, agora mais essa, nunca mais o vi, com ele eu nunca mais quis conversa, tudo, doutor, eu tratei de jogar no esquecimento, vida nova, peitos novos, meu caro, se houve um crime que eu cometi, seu delegado, foi ter acreditado no amor.

O sol penetrou pelas falhas da cortina, olhei para o relógio, cinco horas, eu preciso começar a partir, saí recolhendo as poucas bagagens, quase nada, a grana que sobrou estava enfiada, escondida, dentro de uma abertura na mochila, toda a documentação necessária, nenhuma lágrima, segurei a emoção, o teatro me deu consciência e superação, o disfarce ideal, isso, por exemplo, que está acontecendo comigo não é comigo que está acontecendo, quem está aqui dentro, olhando para mim, é uma outra pessoa, além, sou um outro ator em cena já faz um bom tempo.

Rumei, tranquilo, até a funerária Novo Horizonte, o gerente, alegre e triunfante, agia como se fosse entregar, numa bandeja, os peitos de Estrela, os olhos dele tinham um brilho borrado, o acompanhei até uma sala onde estava o corpo do boy morto, em um caixão maciço, um dos mais lindos que temos, eu lembro, ele me garantiu, no contrato do serviço, o seu sobrinho merece, um anjo, de marmanjo, coitado, entre os arranjos florais, parecia até bem-criado, enfim, descansará em paz o pobre rapaz.

Antes de fechar a tampa o gerente pediu silêncio, era de praxe fazer uma prece, o caminho é distante demais, as estradas, esburacadas, vale uma oração, veja só, designaremos para a missão o melhor motorista da casa, sim, aquele senhor, miúdo, ave, Maria, cheia de graça, que estava de cabeça baixa, pálido, escolhido, conforme havia prometido, pela grande experiência no transporte de cadáveres, ele se chama Seu Lourenço, agora e na hora de nossa morte, leve essa flâmula e um conjunto de lenços, personalizados, para espalhar entre os familiares, depois me ligue de lá, avisou ao funcionário, quero saber se chegou tudo certinho, e em nenhum momento vai feder o corpo do menino, trabalho perfeito, de muito bom gosto, o senhor não se arrependerá por nenhum centavo que pagou, cuidaremos da morte dele com dedicação, Sr. Heleno, pode crer, tudo feito com muito amor.

PARTE OUTRO

Quando eu morrer
me enterrem dentro do
coração de meu pai.

Amarildo Anzolin

AS NAVES

O coração do boy batia, lá atrás, eu tenho a certeza, alguma mola que ficou solta, no zigue-zague do caminho, na subida da montanha, perguntei ao motorista, que barulho esquisito é este, ele nada ouvia, talvez porque fosse o homem mais silencioso que eu conheci, em quatro horas de viagem falamos muito pouco, um ou outro pigarro, pesaroso, sugeri que ele parasse no primeiro posto, ele parou.

O povo, ao redor, fazia o sinal da cruz, uma gorda, mais uma em meu destino, se aproximou, perguntou quem havia morrido, eu não sabia se dizia filho ou sobrinho, preferi ficar calado, de que ele morreu, investigou, pensei, de acidente de carro, de uma bala perdida, de uma briga em bar, eu tinha de escolher o que contar, a gorda não seria a única a chegar, cheia de condolências, o que o povo tem mais prazer de prestar é solidariedade, eu haveria de fazer uma expressão de dor a qualquer hora, nisto, mais uma vez, o teatro me ajudou, obrigado, obrigado, que saco, por que eu não pedi para apagar o nome da funerária, a letra estampada, na lateral, em dourado, era um anúncio da tragédia, ou do meu fracasso, vim para São Paulo atrás de um corpo vivo, volto agora, para a minha terra, carregando uma sombra, um espírito defunto, algo em mim que ficou extinto, inânime, à boca do túmulo.

Não era nada que se movia, o caixão estava bem encaixado, chegamos, juntos, a sacolejar a urna, nenhum trinado, tudo sossegado, como deve ser, vinham da minha invenção, ou do passado, os movimentos do morto, Seu Lourenço verificou, também, nas ferragens do carro, na câmara dos pneus, nos parafusos da porta, em volta, uma ilha de sumiço, os sinos, dobrados, só a poeira da estrada, solitária.

Seu Lourenço não conversava, eu tive de começar o assunto, perguntar de onde ele era, se tinha filhos e netos, se fazia tempo que trabalhava, se colecionava histórias engraçadas nesse trajeto, no ofício de transportar hóspedes à última morada, quem sabe eu não escreva, repito, uma peça, gosto de ficar imaginando cenas a partir do que me contam, quando vale a pena eu monto personagens na minha cabeça, conflitos ficam flutuando, um exercício que faço, sempre, para passar o tempo, modorrento.

 Seu Lourenço resmungou algo, um tipo de prece em latim, ou numa outra língua incompreensível, entendi que era preciso, então, que eu me calasse, talvez o velho falasse baixo, muito baixo, e me dissesse que as nossas almas, essas, sim, se quisessem, que se comunicassem.

AS HÉLICES

Seu Lourenço, do nada, me perguntou se eu tinha saudades do Recife, se eu voltava lá, com que frequência eu voltava, e aí me lembrei de que meu pai, à porta do quarto, antes do dia de minha partida, me deu uma oração de Santo Simão, escreveu, à própria mão, numa letra do tempo da caverna, rogando por mim a linha lerda, analfabeta, de fé em Deus, nenhum mal no seu caminho, ganhe muito dinheiro, me disse, eu, dos nove filhos, o único que quis ser artista, nunca perca de vista a sua terra, as suas origens, minha mãe, no fundo da cozinha, fazia o derradeiro café, do jeito que você gosta, o leite quente, a manteiga no pão dormido, os ovos bem mexidos.

Pelos arredores da Casa da Cultura existia um cinema pornô em que eu ia para dormir, porque o calor que fazia, na minha idade, sabe o calor, quando a minha tia me trazia do interior para um passeio, outro passeio, para o curso de datilografia, quando eu vim viver um tempo com ela, na Boa Vista, não tive medo de enfrentar os inferninhos refrigerados, a fila dos sertanejos em pé, atrás das poltronas manchadas, eu dormia, no começo, durante o filme, é verdade, mas deixava que repousassem em mim os paus dos mulatos, vendedores de roletes de cana, os camelôs de relógios, os baixinhos do córrego, hoje, juro, eu me sinto vingado, os cinemas, todos morreram, eu continuo vivo, e rio.

Quando Carlos viajou para São Paulo, caí ainda mais na putaria, a Praia de Boa Viagem, no final da tarde, saudades das caminhadas, o vento que batia, entre as paredes dos prédios corria uma ventania, academia de ginástica, a céu aberto, e os caras, magrelos, querendo ficar fortes, e os caras fortes, febris, astros de cinema, lutadores americanos, heróis de guerra, se lembra, não se lembra, o sucesso que era, longe o horizonte de Olinda, a prefeitura, o coque, a fábrica de biscoitos Maria, onde estará aquela barraca de queijos, no Centro, e o rapaz que, um dia, me chamou para dentro de um cercadinho, à beira do rio, vou puxando pela memória um fio, um meio fio, eu adoraria que o Recife nos recebesse chovendo, o Rio Capibaribe enchesse para nos abraçar, a água viesse lavar o couro dos meus pés, abençoar, Seu Lourenço, eu mereço, o velho calado, a cada pensamento meu, aceso, um gesto de compreensão, o olhar, concentrado, à frente, sem pestanejar, o tanto que ainda havia de chão.

OS SACROS

Carlos me procurou outras vezes, seguiu meus passos pelo teatro, ia às estreias, frequentava temporadas, me olhava, à espreita, no café, mandava recados, elogios, chegou a escrever sobre mim, a qualidade da versificação, o texto de Heleno de Gusmão vive musicalmente antes de assumir um sentido e de dissolver-se na situação e na caracterização dos personagens etc. e tal, uma amolação sem fim, veio falar comigo, diretamente, por favor, eu preciso de seu perdão, me fale, não é possível que não tenha resistido em seu coração um sentimento, pequeno que seja, de respeito e amizade.

Eu não gosto muito dessas coisas, me disse o boy, continuou afirmando, eu curto é esporte, cavalo, por que não vamos à praia, a gente aluga um bangalô, no máximo, vou a um show com você, qualquer banda, grupo de forró, mas eu queria que Carlos me visse ao lado de Cícero, assistisse ao meu romance, estava na hora de mostrar o garoto diferente, musculoso, com quem eu estava saindo, de roupas novas o boy viraria uma outra pessoa, o cabelo bem cortado, recomendei que ele usasse um casaco brilhante e moderno, ou um terno de linho azul, fomos juntos a uma loja no bairro, também para ele comprei uns sapatos, prometi pagar caro, não era você que estava precisando de dinheiro, meu querido, e marcamos que seria na noite de sábado o nosso compromisso.

Àquela mesma noite prometi que conversaria um instante com Carlos, daria a ele uma atenção especial, minha agenda lotada, entrevistas e viagens, é isto, o ritmo que minha vida tomou, deixei-o meia hora me esperando, de quando em quando ele revistando o relógio, foi ao meu encontro, cheiroso e lambido, a cara de um santo antes da beatificação, chegamos acompanhados, eu e Cícero, meu boy nunca esteve tão sedutor, os dentes, jovens, fez bem a ele o toque do tecido, a pose de marido, ao meu lado, Carlos, Cícero, Cícero, Carlos, que merda, sei que não foi certo o que eu fiz, na alma, em algum canto doeu a farsa montada, Carlos não acreditava, derrotado, tive que levar o espetáculo até a última hora, a gente marca noutro dia, quem sabe, depois de voltarmos de viagem, eu e Cícero vamos para Buenos Aires, um texto meu, inédito, estreará por lá ainda este mês, na volta prometo um novo café, aquele abraço, até uma próxima vez, não me leve a mal, valeu, até.

AS VARAS

Principalmente à noite o corpo do boy morto soltava uns roncos, juro, uns gemidos noturnos, lá fora, no rabecão à porta do hotel, já tínhamos viajado um dia inteiro, percorrido campos, paisagens gerais, animais e pedras, senti falta do meu gato siamês, era nessa hora, à cama, que ele vinha aos meus pés, daí, não sei por que, resolvi telefonar, do quarto liguei para o zelador, quem atendeu foi a mulher dele, assustada, já era quase meia-noite, tudo bem, sem problemas, ela não me ouvia bem e gritava, Sr. Heleno, alô, alô, o senhor sabia que a polícia esteve aqui, eu não tive o que dizer, nem pude mentir, falei que o senhor voltou para o Nordeste, o homem, meu Cristo, não fez uma cara muito boa, hein, alô, está me ouvindo, Sr. Heleno, é o senhor, por favor, o que está acontecendo, escute, eu não quero, me desculpe, confusão para cima de mim e de meu marido, peço, mesmo, a sua compreensão, estamos aqui para ajudar, não seria o caso do senhor ligar para o delegado, anote o número, um instantinho que eu vou buscar, aproveitei que a ligação não estava clara para, de propósito, desligar, mulher é sempre apavorada, desata a falar, pelo menos meu gato passa bem, é o que importa, e Estrela também, a essa altura, deve estar sem entender, eu é que não ia deixar o dinheiro de seus peitos com o michê.

Desconfiei, assim que cheguei à porta da boate, o mesmo faxineiro veio me receber, o senhor já sabe onde é, não sabe, o ar mais seco, as cadeiras, cada uma alojada em seu devido lugar, o cheiro de limpeza, menos forte, não tinha mais o que limpar, a festa na boate, parece, já ia começar, subi, chamei por ela e nada, o michê pôs o nariz na sombra, pediu para eu entrar, entrei, ele, de peito de fora, gingava, chegou, breve, a tocar em meus cabelos, me soltei do seu afeto, voltei a querer saber, marquei com Estrela a esta hora, você poderia avisá-la, é que eu não posso me demorar, infelizmente ela não está, pediu para você deixar a grana comigo.

Como eu sempre digo, o teatro me ajuda a imaginar uma expressão qualquer, enquanto o pensamento foge para pensar, calcular a situação, fico, a sangue-frio, esperando o meu rosto voltar, a máscara estacionar, verdadeira, fiz uma pausa, curta, bruta, o michê nem desconfiou, quando viu, eu já era outro à sua frente, para o que desse e viesse, esperto e violento, se fosse preciso eu o mataria ali, e fugiria, ganharia a rua, inocente, sem culpa, ele que não se fizesse de sonso, não me fizesse de tonto, o meu negócio é só com Estrela, eu posso esperar, aonde será que ela foi, foi comprar cigarro, por acaso não está no banho?

Pelo que se pode ver o lugar tem o tamanho de uma quitinete grande, uma travesti, aqui, já estaria fazendo barulho, bastante, todo mundo ouviria, ela, na verdade, foi resolver uma intriga, explicou o michê sem me convencer, uma treta com um boy que não quer pagar o que deve, sabe, aluguel atrasado, dela ninguém foge, ela é severa com isto, ela não perdoa calote, ela chegou até a pensar que você não ia mais aparecer, já estava para lhe dar um susto, mas eu falei, segurei a onda, o coroa é bacana, só quer ajudar o boy que morreu, nossa, no dia em que eu morrer quero um cara como você para cuidar de mim, eu também não sou daqui, sou do Paraná, minha família está lá, perdida, olhe, vida fodida que eu levava, pode acreditar, entregarei o dinheiro para a Estrela, não duvide, ai de mim se eu não entregar, pode me pagar a grana, pode me passar, ciscou um dedo no outro, feito um agiota, a contar as notas, imaginárias.

Ora, só entrego se você me beijar, foi o que eu falei, de improviso, o michê abriu um mole sorriso e, convencido, se aproximou, afundei meus olhos nos seus, peguei pelo seu queixo, enfiei a minha língua, corrida e débil, para dentro de seus dentes, me imaginei um bicho, uma cobra tomando conta de sua cara, quadrada, joguei, com toda força, o seu corpo entre as taças, entre os gatos de porcelana, os cinzeiros, os retratos emoldurados, tudo virou por cima dele, o corte que eu dei em seus lábios, não era, definitivamente, um boy confiável, ladrãozinho escroto, vai tomar no seu cu, e desci, nervoso, as pequenas escadas, o faxineiro, lá embaixo, arrumava-se para partir, seu serviço já estava feito, no primeiro lixo, escondido, à esquerda, lancei o pacote com as notas, ligeiro, para a compra dos peitos, ainda hoje avisarei à Estrela do perigo que ela corre, antes de o faxineiro voltar amanhã, no mesmo horário, em seu trabalho duro, com seu ar, esnobe, para recolher, mil vezes, as camisinhas da noite, quem ficará com o dinheiro, afinal, qual dos dois terá mais sorte?

OS ARCOS

Seu Lourenço, quando jovem, foi jogador de futebol, desde criança, no interior, em Votuporanga, sonhou, era o que fazia, driblava, na várzea, corria, obstinado era o meu pai, no maior sacrifício, me colocou numa escolinha, foi ele meu torcedor, o primeiro, aos onze anos, a família cheia de planos, compraremos uma casa, moraremos no Rio, e olhe que aquela época não era essa, um atleta, razoável que seja, hoje sustenta várias mulheres, um filho em cada praça, pela cara de Seu Lourenço eu via, toda vez que a gente avistava uma criança cabeceando à curva da estrada, ele enchia a alma de alegria, nosso Brasil é essa maravilha, foi a gente, não o inglês, que criou esse jogo fácil, uma bola feita de meias, meninos descalçados, sem chuteiras, o chute a gol, na trave, trôpega, na mínima área, paramos, uma tarde, para assistir a um fim de campeonato, acho que o seu carro funerário deu sorte para o nosso time, veio dizer um moço, negro, artilheiro, dedicaremos o título à memória do garoto, pode ser, companheiro?

Sim, Cícero gostaria de ter visto a garra com que os craques driblavam, na terra batida, mais ainda o momento em que Seu Lourenço pegou na bola, deu para ver o domínio que tinha, não há velhice que faça o corpo esquecer o treino, feito um pintor, eu creio, no manejo de seus pincéis, um escritor, igualmente, mesmo que a sua mente se canse, estará fabulando, sempiternamente, analisando no fundo do mundo, por dentro das palavras, seus significados mais significantes.

Para isto, este tipo de esforço físico, eu nunca tive talento, meu papel na casa era escrever cartas, ler bulas, recitar as passagens da Bíblia, inventar histórias para as filhas mais novinhas da vizinha, fazer discurso no final do ano, explicar os fenômenos psicológicos, sei lá, mergulhar nas dores de cada um, o melhor conselheiro eu era, viessem me perguntar, eu respondia, comigo ninguém sofria demais, à vera, digo, eu salvava casos perdidos, brigas na Justiça, se alguém precisasse disputar direitos trabalhistas, inscrever projetos na prefeitura, convencer diretores de escola, brigar por melhorias na comunidade, era eu quem redigia, com vontade, as petições, zelava, idem, pelos corações angustiados, até que eu mesmo, para aprender, me vi dobrado, vencido, para mim as minhas próprias lições não serviram, é o que costuma acontecer, em todo canto, quando a gente vê, o inimigo fura o bloqueio, vem, matreiro, bate no peito, acaba com a defesa, a gente fica sem ação, o melhor é saber perder.

Não perdemos, é claro, ainda esperamos para ver o time da várzea levantar a taça de campeão e fazerem todos uma oração, conjunta, pela alma do boy morto, a mais linda homenagem, bem sei, quando ele ficava nu e seu corpo, ereto, ao meu lado, talhado para as conquistas deste mundo, vasto, me abraçava e gritava, feito um atleta, feliz, Seu Lourenço nada me diz sobre isto, a respeito desta sua antiga paixão, eu é que acabo dando fôlego, sozinho, ouço a sua imaginação.

AS RAÍZES

O que você quer ser quando crescer, era o que a gente queria saber, pequenos, enquanto separávamos os achados do dia, unhas de tatus, preás, pescoços guaranis, secas nadadeiras franjadas de rosa, patas babilônicas, vai, fala, eu mesmo quero ser um astronauta, ou um fabricante de foguetes, dizia o meu irmão do meio, com os lábios supersônicos fazia um barulho, extraterrestre, e voava, aéreo, sobre nossas cabeças, com um sabugo na mão, desenhava galáxias longe daquele sertão.

Em círculo, conversávamos numa língua de gente maior, superior, porque o sol deixava tudo do mesmo tamanho, deus, enguia, cotovia, formiga, moço, coruja, velho, estátuas de arquiteto, arames, andaimes, e você, Heleno, que ainda não falou nadinha, quando crescer e ficar assim, da altura de nosso pai, vai morrer aqui, é, será que não tem salvação, fala, desembucha, meu irmão, o que você fará no futuro, sei lá, pensa bem, um doutor, um cantor, sanfoneiro, acho que você leva jeito para ser artista, um palhaço, um mágico, um malabarista, e cada um, dos nove meninos, que equilibrasse um osso sobre o outro, de urubus, camelos, pré-históricas girafas, exércitos inteiros, dissecados.

Eu terei um carro de corrida, falou, empolgado, meu irmão mais velho, a bacia maior foi ele quem cavou, havia uma semana que lutava pela carcaça, gigante, nela costurou alavancas e freios, buzinas fabricadas do enorme joelho, arrancado, sem jeito, mandava a gente sair da frente que lá vinha a grande máquina, serei campeão do mundo, vocês vão ver, também pilotarei avião de guerra, pá, pá, pá, comigo será matar ou morrer.

Pedi ainda um tempo para pensar, eu sempre fui devagar na preparação dos instrumentos, naquele solo de rachar, eu gostava, repito, de costurar vestimentas, criar um texto qualquer, inventar uma história para ver a tarde cair, meus irmãos ficarem curiosos, presos às aventuras que eu arquitetava ali, na hora, o destino eu tinha em minhas mãos, conta mais, Heleno, conta mais, quando crescer eu quero ser várias pessoas, ir fundo, escrever para me sentir, assim, o dono do mundo, o rei dos animais.

AS ÓRBITAS

Você está saindo com um garoto de programa, Heleno, eu não aceito isso, veio me dizer, bem sério, Carlos, logo ele, parado, segurando nos meus braços, no meio da rua, o filho da puta querendo me dar lição de moral, por que, então, me abandonou, seu desgraçado, Heleno, me escuta, vamos recomeçar a nossa história, eu prometo te fazer feliz, foi, eu sei, um erro de percurso, confesso que fui imaturo, você estará sempre coberto de razão, já lhe pedi perdão, o que não é certo, no entanto, é você jogar seu coração no lixo, no inferno, não vê que é perigosa essa situação, esse menino vai te roubar, deve ser um drogado, eu fui investigar, por acaso, o reconheci, fazendo ponto, eu sabia que já tinha visto aquele rapaz, Heleno, por favor, eu estou preocupado com você, agora é fácil dizer, vir aqui prometer o que não poderá cumprir, cobrir, compensar a falta que você me fez, Carlos, chega, eu sei bem da minha vida, nunca precisei de sua ajuda, esperei por ela, em vão, o tanto que passei, na luta, dia e noite, noite e dia, me deixa em paz, vê se some, agora vai dar uma de homem, responsável, se aproximou de mim, pensa que eu não sei, porque está sem trabalho, pelo menos o boy levanta uma grana, assume a profissão, não tem vergonha, você, esse atorzinho de merda, covarde, ora essa, não enche o meu saco.

    Carlos voltou a me explicar que ele não foi inteiramente culpado, ficou preso nas garras de um diretor, psicopata, ele me trancava em casa, me assustava com ameaças, sabe aquela carta que você me enviou, depois é que eu vim encontrar, fechada, ele me isolava de tudo, tudo bem, eu fui fraco, a minha vontade, até hoje, é dar um fim nesse desgraçado, cometer um assassinato, mas deixa isso para lá, de alguma forma me acostumei ao conforto, à mesa farta, àquela vida boa para quem havia chegado à cidade, zerado de tudo, mas eu nunca me esqueci de você, saiba, acredite, estou sendo sincero, por isso não quero ver você se meter com gente doente, marginal, é este o meu medo, que esse menino acabe envolvendo você em coisas pesadas, essa gente não presta, Heleno, você tem uma carreira a zelar, eu precisava, o mais urgente, acabar com aquela discussão, já estávamos chamando a atenção de quem circulava, mais uma vez o teatro foi a minha salvação, abracei Carlos ali, fortemente, na avenida, para todo mundo ver, dei um beijo para valer, infinito, em sua boca, guardado, fazia tempo, desde o dia em que cheguei a São Paulo, eu trouxe, na memória, a força daquela emoção, a praça, à nossa volta, escandalizada, Carlos chorava enquanto eu me afastava de seu rosto, de seu corpo, para sempre, descolado do meu, depois do beijo, teatral, para dentro de seus olhos, bem morenos, só me restou dizer adeus.

AS COLUNAS

O índio morreu de aids, foi o que ele me falou, o próprio índio, juro que eu o vi, sentado, em um dos bares onde paramos, na rodovia, eu e Seu Lourenço, era ele, sem dúvida, estava mais magro, magérrimo, mas os olhos eram os mesmos, eu cheguei perto, para uma conversa, o cumprimentei, quanto tempo, não sei, recentemente fui à Estação da Luz à sua procura, eu falei, ele, todo de bege, da cabeça aos pés, vestia um uniforme, do além, à sua frente uma xícara de chá, o líquido soltava uma fumaça que ia e voltava até as suas narinas, não estava feliz nem infeliz, mirava, distante, avante, a serra, a paz do horizonte, apontei aquela imagem, mostrei o índio para Seu Lourenço, que resmungou algo, dentro de seu silêncio sepulcral.

Será que foi você quem me contaminou, difícil de saber, ele explicou, não sabe se pegou a doença fazendo sexo ou se drogando, foi afinando, de repente, sem forças, vomitava, grosso, depois as manchas, pela cintura, melhor eu não saber de detalhes, poderia me bater um medo, um pânico maior, o doutor me falou, há casos em que o paciente nem sente, sobrevive, quem olha para o corpo do índio, aí, sentado, nem imagina que ele já esteja morando do outro lado, em outra dimensão, existência, expliquei para Seu Lourenço, essa minha alucinação talvez tenha vindo das pílulas atrasadas que eu tomei, do balanço da estrada, do cheiro das flores que vazava do caixão, já completamos quarenta horas de viagem, já estávamos, afinal, chegando.

Daqui a pouco cortaremos o Recife, veremos as pontes, o mar, falei para Seu Lourenço, eu quero ver o mar antes de a gente chegar a Poço do Boi, Seu Lourenço concordou e foi, rapidamente, pegando, pelas encostas, o litoral, os coqueiros de Pernambuco, juro, não há nada igual, a cor das águas, a tarde quando entardece, o rádio, às seis horas, cantando uma prece, a mesma da minha infância, Ave-Maria sertaneja, toda a família, em sua casa, ouvia, e pedia proteção, nos dê força e coragem, assim seja, não precisarei virar um vulcão de pele morta, não darei essa glória para Carlos, ele não me verá definhar, quando isto acontecer estarei de volta a Sertânia, a minha vontade é viver o fim da vida na casa em que meu pai morou, bem ao lado ficava o largo em que eu e meus irmãos caçávamos dinossauros, restos de civilização, tribos inteiras, como a do índio que vi, longe das suas origens, em decomposição.

AS SALIÊNCIAS

Pisou na areia comigo o Seu Lourenço, ficou umas horas avistando os navios, ancorados no alto-mar, em Votuporanga o que há é a mesma brisa, coisa rara em outra cidade do interior paulista, nós temos a qualidade do ar, lembro que eu, antes de viajar, vim à Praia de Boa Viagem elevar meu pensamento, naquele tempo ainda acreditando que o amor transforma, é uma onda que nos renova, nosso poder de navegação.

No calçadão, o carro funerário, estacionado, também parecia um navio, fantasma, e o boy morto, lá dentro, se banhava de sal, maresia, por que a gente, em vez de ser enterrado em um chão, seco, não faz do oceano o nosso leito derradeiro, nosso abismo prateado, um céu, ao fundo, vertical, abaixo, cheio de estrelas, luas, astros, planetas desconhecidos?

Um rapaz, repleto de saúde, fazia exercícios ao ar livre, feito antigamente, se enchia de oxigênio, eu me recordo, era ali que pintavam alguns namoros, enroscos, na rede de pesca, barquinhos tranquilos, no cheiro fodido de peixes, no Pina, capoeiristas dando sopa e saltos, cheguei a pagar alguns trocados, a ver turistas, fisgados pelas meninas, sonhadoras, um dia eu irei conhecer a Itália, serei rica, terei vida de madame, às vezes acabava em vexame tanto desejo, o gringo levava para ser escrava a mocinha lá no estrangeiro.

Não há diferença entre mim e essa legião de alemães, espanhóis, argentinos, pesado, de culpa, eu me ofendo e sujo, para isso a morte de Cícero serviu, para que eu tomasse consciência do uso que eu fiz, dorsos nus, jovens putos, à venda, como uma mercadoria, exposta, eu sinto pena de mim, diante da orla, anoitecendo, me confesso e me arrebento, Seu Lourenço, logo percebi, estava, na verdade, à espera da pelada que rola, ao final do dia, turmas que se juntam para pequenas disputas, atrás de uma bola o povo jura que faz parte de uma nação, única, lúdica, que respeita o próximo, o espírito esportivo, civil, é ele que nos salva, tudo o mais, meu coração, vazio, minha alma é que vem morrer na praia.

AS PLANTAS

Está tudo no fim, pela paisagem, cinza, muito pouco verde, avisto os capins carcomidos, da janela do carro, os cinturões de pó, a boca aberta do sol, e mais sol, mais sol, não há o que escape, o jardim de pedregulhos, os araticuns, eis o começo do inferno, é aqui que entraremos, aviso, chegamos a Poço do Boi.

É uma vilinha, pouca coisa, uma vertigem de moscas eram as pessoas chegando, se aproximando do carro, à praça, a capela já estava preparada para nos receber, virou o acontecimento mais ilustre a dor daquela família, incrustada, o repuxe da lágrima, cavada, à cara da mãe, o pai veio em nossa direção, sem chapéu, Seu Nestor, seu rosto era feito de um pergaminho, estava escrito, nos livros mais esquecidos, tanto sofrimento.

Seu Lourenço, nesta hora, foi quem disparou a falar, inacreditável ouvi-lo, prestando condolências, desenrolando motivos, a polícia tem investigado o caso, com certeza pegará os culpados, e gente e mais gente cercando o boy morto, foi preciso abrir o caixão, dos olhos do povo pulou um grito, o garoto parecia um santo, se dependesse, viraria um santo, há quem tenha visto uma ponta de sorriso nos seus lábios roxos.

Chamado a um canto, o pai de Cícero recebeu um envelope, volumoso, grande parte do dinheiro, juntado por mim, todos esses anos, e o cemitério também já estava pago, toda a cerimônia, vizinhos trouxeram galhos, carpideiras a postos, as velas acesas, em ritmo de progresso, a luz sempre foi um mistério um tanto tecnológico, pensei.

Eu estava feliz, misteriosamente muitíssimo feliz, corri para dar um abraço, agradecido, em Seu Lourenço, e foi aquela a única vez em que ele me abraçou igual e, de dentro do mesmo mistério, veio e me olhou direto nos olhos, fundos, não está na hora de partir, me perguntou, você já fez o seu papel no mundo, vá embora desta terra, vá, chegou o momento de sua alma se elevar, de ganhar destino, de deixar seu corpo, você está morto, Heleno, morto, não notou, não me ouviu, Heleno, morto, morto.

Precisei pensar, recapitular, morto, eu, morto, ao lado do boy eu viajei sem viajar, foi isto, eu quis entender, tentei ressuscitar no fim do meu juízo tudo o que me aconteceu, não, não pode ser, não era possível, comigo, meu amigo, você nunca viajou, assim, Seu Lourenço me abria os olhos, com uma tal calma, incomum, ele falava sem interpretar, era natural a palavra que nascia de sua boca para a minha, entenda, por favor, Heleno, aqui se encerra sua ladainha, eu já estou acostumado com isto, digo, em ouvir espíritos recém-saídos da morte, reconheço a sua missão qual era, a de entregar o rapaz à família, ele já está entregue, agora parta, encare, seja forte, não sofra mais, você merece, mais do que ninguém, agora, Heleno, descansar em paz.

AS CABEÇAS

Demorarão a encontrar o meu corpo na cama, no quarto 48, eu creio, talvez, apenas no final desta noite de quarta-feira, as pílulas espumarão, farão efeito rápido, certeiro, não há como falhar, na plaquetinha à porta está escrito, favor não perturbar um homem que dorme, cheio de cansaço, a funerária já sabe o que fazer com o boy morto, para onde levar, deixarei, por escrito, igualmente, todas as instruções para meu sepultamento, depois do suicídio, aviso, quero ser enterrado no quintal de minha antiga casa, no sertão de Pernambuco, procurar, por favor, pela funerária Novo Horizonte, a cidade de Sertânia, para quem morre, não é tão distante, é logo ali, sobre meus bens, direitos da obra, apartamento e gato, podem doar tudo para a família de

Cícero, o excesso, a sobra, o que for preciso, será tudo deles.

Deito-me, ponho a cabeça no travesseiro e penso em Carlos, o que será que ele fez de errado, o delegado não me contou, nem eu quis saber, se ele roubou, se ele matou alguém esse alguém fui eu, desde que nasceu, a missão de Carlos, nesta terra, era acabar comigo, me levar embora, mesmo quando escrevi o meu teatro, é da falta de vida que ele se alimenta, meus textos, dramáticos, só foram possíveis porque estão impregnados desta minha morte, um autor só é autor, digamos, quando é vítima de um crime, de um atentado, um desprezo, um exílio, um corte, um esquecimento.

Carlos, falo baixo, mas falo, sozinho, neste quarto de hotel, digo, eu te perdoo, meu amor, dos frascos, deitados, de todo tipo de veneno agora me alimento, São Paulo, por exemplo, foi sempre um mal necessário, seus apelos e prédios, viadutos e bichos, drogas e sexos, de nada eu me arrependo, compreendo o meu destino, trágico, dele construí a minha arte, o meu maior sacrifício, toda a minha liberdade.

AS CARCAÇAS

De Poço do Boi para Sertânia a viagem não demorou mais do que um segundo, voei até lá, tão rápido, em um piscar de tempo voltei ao mesmo lugar da infância, veja, era aqui, neste quintal, que eu e meus oito irmãos brincávamos de cavar ferro, blocos de osso, de criar pântanos de areia, nossa salvaguarda, meio de fuga, era aqui e tudo está, na memória, intacto, o sumidouro em que nos banhávamos, a garganta das rochas, os buracos das árvores, sobreviventes.

Meus sapatos pesam, melhor ficar descalço, os dedos tocam na terra, ainda a mesma quentura, será que, por acaso, encontrarei a minha armadura, escondida, penetro, já sem roupa, pelado, à cata da cacimba, apenas uma marca, secreta, no chão, indicando que por ali passearam crianças, ciscando, um dia, na mais colorida alegria.

Cavei, no passado, bem neste ponto, eu me recordo, um lago só para mim, um rio subterrâneo, quem sabe, dali, o meu mágico figurino ressuscitasse aos meus olhos, afasto da frente a colônia de cupins, o redemoinho de espinhos, restos de pedras vulcânicas, para isto minhas mãos continuam calejadas, finco as garras, sertanejas, ora paulistanas, com elas eu seria capaz de garimpar do deserto, daquele mar de pó, em Sertânia, eu levantaria e adentraria verdadeiras garagens de concreto.

Esquelético, meu corpo, cenográfico, eis que reaparece, miúdo, a minha velha capa de couro bovino, espada de fêmur, saiote de cóccix, um guerreiro nobre, um cangaceiro, eu ainda sou, e me sinto, um vencedor, o meu pai tinha razão, sim, no futuro, quando outros homens vierem a esta região, minha história estará escrita em meus ossos, eles saberão de mim.

Cai o pano.

Um abraço forte para Andréa Del Fuego,
Cecília Conrado, Coletivo Angu de Teatro,
Guiomar de Grammont, Hélio de Almeida,
Ivana Arruda Leite, Livia Vianna,
Lourenço Mutarelli (valeu pelo desenho, pela
cumplicidade e pelo nome do personagem),
Lucas Bandeira, Lucimar Mutarelli,
Manu Maltez, Paulo Lins,
Ronaldo Correia de Brito, Thereza Almeida
e para os amigos da Record e da Edith.

Sempiternamente também para
João Alexandre Barbosa e Plinio Martins.

Entre Buenos Aires e
Vila da Mata, Paraty,
livro terminado
em 30 de maio de 2013.

MARCELINO FREIRE nasceu em Sertânia, PE, em 1967. Viveu no Recife. Desde 1991 reside em São Paulo. É autor, entre outros, de *Angu de sangue* (Ateliê Editorial), *Amar é crime* (Edith), *Rasif* e *Contos Negreiros* (Record) – este último, vencedor do Prêmio Jabuti 2006, foi também publicado na Argentina em tradução feita por Lucía Tennina. É o criador e curador da Balada Literária, evento que acontece anualmente, desde 2006, no bairro paulistano da Vila Madalena. *Nossos Ossos* é seu primeiro romance.
Para saber mais sobre o autor e obra, acesse: www.marcelinofreire.wordpress.com.
Twitter: @marcelinofreire